황금 연못

황금 연못

장옥관 시집

민음의 시 44

민음사

自序

천천히 구르는 바퀴가 되리라.
수많은 자국이 겹쳐진 길 위에 몸을 누이고
터진 상처에 긴 입맞춤을 하리라.

이름 모를 수많은 사람들이 던져 만든 돌탑.
작고 못생긴
돌 하나를 두 손으로 올려놓는다.

1992년 4월
장옥관

차례

自序

1

백일홍 붉은 그늘

여름이 끝나고 가을이 왔네
핏발 선 눈 그 사람 돌아왔네
빈 마을 온종일 쑤시고 다녔네
백일홍 고목만 더욱 붉었지 꽃상여
타는 강 위로 흘러가고 늙은 나무
꺼진 허파 기침 끝에 모였네 미친 바람
뒷간의 대숲을 흔들고
텃밭의 푸른 고추 열이 올랐네
시체가 산을 이룬 그 여름 장맛비에도
꽃꼭지마다 붉은 떨기 핏방울 맺혔네
묵은 가시 돋은 입으로 노래하려네
꼼짝 않고 견디는 긴긴 여름날
둥치 속 끓는 울음 더욱 붉었지
마당가 풀 더미 뿌리째 뽑히고
고스러지는 마지막 빛
백일홍 어깨가 기울어지네
푸른 상처 멍 자국 짙어만 가네

붓꽃

伏惟仲春 尊體度 淸穆 否아, 仰賀且祝耳*…… 마당은 비
어 있었다 아니다 끓고 있었다 해소에 끓는 칠월 섬돌 아
래 비름 풀 여뀌 풀 개불알꽃 흰 고무신 속에 묻어 있는
고양이 털 뒤꼍 흑죽(黑竹)은 투닥 떨어지는 풋감 소리에
도 입술이 파르르 떨리며 창호지에 얼비치는 모시옷 구겨
지는 소리 대청 놋 제기의 녹이 파르스름 짙어 가고……
第先考 滄浪亭 落城 告由之儀…… 빗질한 자리에 다시 떨
어지는 감나뭇잎 꽃담 아래 석등의 관솔불이 길게 그을음
을 뻗칠 때 사랑채 곁채 행랑채에도 그득그득 득실대고
득실대던 그림자들 홧홧하던 귓불도 이미 식어 늙은 대추
나무는 벌써 열매를 맺을 줄 모른다 그해 여름 피 결은
옷가지 산에서 내려오고…… 以五月五日(陰三月二十日) 正
午 奉行爲計…… 못에는 못물이 말라 들어 산에서 들에서
뱀 떼만 들끓고 염천 논에 벼 포기가 이울고 한 번 닫힌
사랑채는 열릴 줄 몰랐다…… 勿靳惠施 以光賓延 千萬企
耳…… 흰 옷 입은 사람들 민둥산을 뒤덮고 그러나 아무도
몰랐다 밤마다 달빛에 번쩍이던 낫날, 울어 예던 뻐꾸기
소리 토해 놓는 핏방울을…… 餘不備禮…… 餘不備禮……

* 통문(通文).

14

뻐꾸기 소리는 비어 있는 마당을 못질하고 강담 아래 붓
꽃 하나 길게 몸 빼쳐 떨어지고 또 쌓이는 칠월 한낮 고
여 흐르지 않는 시간을 적고 있었다

산행

솔잎혹파리 마른 삭정이 숲길을 지나 목마른 오솔길은
드러났다
끊길 듯 이어지는 길 끝에 무덤들은 소름 소복하게 돋혀
풀벌레 소리 절벽처럼 귓속을 무너져 내리고 돌아보는
길 끝이
다시 아득하다 갈수록 짙어지는 산안개 길은 흐려지는데
밤마다 머리맡에 내려와 앉아 있던 산이 갑자기 무릎을
꺾고
하늘이 이토록 무거울 수 없다 길목에 무심코 구르는
솔방울
발길에 무너지는 풀잎 한 장에도 칼날 매운 의지는 실
려 있으니
장딴지를 찌르며 달려드는 억새풀, 팔꿈치를 잡아채는
찔레 넝쿨까지
짙푸른 숲 전체가 알 수 없는 소리로 수런거리고 디딘
땅은 자꾸 꺼져 든다
너를 버리고 우리는 마땅히 잠을 들었거니 술잔에 떨어
지는 솔잎을 훑으며
불붙는 가시나무 숲의 어둠을 바라본다 이르되 역사는
곧은 줄기 꺾이어 물길을 잡고 죽음을 디뎌 비로소 삶

을 얻으니
　빈 숲을 채우는 뻐꾸기의 울음이 예사롭지 않다
　꺾여 부러진 네 뼈마디 움켜잡은 아카시아 뿌리 녹음은
깊어
　온 산을 덮어 가는데 먼 갈 길 추슬러 고개 돌리니
　산 아래 마을마다 거미줄로 뻗친 길이
　오로지 한 길로 돌무덤에 닿아 있다

낙동강

1

넓은 강이 다독거려 놓은 새순 푸른 보리밭을 보며
아버지는 말씀하셨다
봐라, 이 밭 속에 길이 있다
아무도 이 길을 지나지 않고는 저쪽에 이를 수 없다
아버지는 어린 아들에게 무슨 길을 깨우치고 싶으셨던가
진외가를 찾아가는 석적* 포플러 숲 너머
아버지 모처럼 무명 흰 두루마기를 찾아 입으시고
굽은 어깨에 얼비치는 겨울 햇살은
어찌 그리 따스하던지
살얼음 잡히는 강물 위로 물오리 떼 후두둑 날아오르고
떨어지는 물방울 속에 조그맣게 갇혀, 아버지

2

물길이 돌려진 강줄기는 늘 목이 마르고
자다 깬 새벽녘의 머리맡엔
천생산**이 바투 앉아 끓는 이마를 짚어 왔다
지방을 사르면 현조비유인여산송씨(顯祖妣孺人礪山宋氏)

* 石積. 경상북도 칠곡군 석적면.
** 天生山. 구미공단 외곽 인동 지역을 두르고 있는 산.

사그라지는 그을음 속
마당의 붉은 백일홍이 바들바들 고스러지는데
허물어 가는 고택의 기왓골 너머 지금은
굴뚝들이 치솟는 밤
짐차들은 시간을 가르며 어디론가 질주를 하고
밤일을 마친 여공들이 돌아와 몸을 눕히는 구들장 아래
어느새 이만큼 다가와 있었던가 푸시시 꺼지는 강물 소리
살얼음 끼어드는 머릿속으로
버석이는 얼음 옷 입으시고
아버지 서릿발로 걸어오신다

바퀴에 대하여

그렇다 모든 바퀴는 소리를 가지고 있다 쩌르릉쩌르릉 종을 울리며
바람에 빗기는 언덕 낮은 은행나무 숲 사잇길을 바퀴는 지나가고
노란 잎새마다 살대가 반짝거리며 빛이 나고
때론 물풀들이 우거진 숲을 지나 둥근 바퀴는 언제나 굴러간다

구르는 바퀴를 깨닫기까지 얼마나 많은 날들이 필요하였던가
오래 넘어지고 깨어지면서 훈장처럼 그 많은 상처를 몸에 새기고서야
바퀴는 스스로 바퀴임을 알게 되었다
닫힌 바퀴가 열리고 혹은 각진 바퀴가 둥글어지는 데 또한 얼마나
오랜 세월이 흘러야 했는지

굴렁쇠를 굴리며 달리면 바퀴 속으로 느릿느릿한 아버지의 달구지가 보였다 아버지, 좀 빨리 오세요 은빛 굴렁쇠는 빠르게 언덕 너머로 굴러가고 달구지는 길가의 풀들

을 마냥 건드리면서 황톳길을 넓혔다 좁혔다 한참을 더디
게 굴러왔다 덩그랑덩그랑 쇠방울 소리 길게 끄을며 못
둑길을 넘어오는, 빈 달구지

  바퀴는 왜 늘 앞으로만 굴러야 하는 것인가
  때론 거꾸로 구를 수도 있는 것, 혹은 가끔씩 멈출 수
도 있는 것
  이 바퀴는 지금 언덕을 올라가는 것일까 아니면
  어느새 곤두박질을 시작한 것일까
  굴렁쇠의 외길 자국 위에 다시 겹쳐지며 바퀴는 이제
  스스로를 거스르지 않기로 한다 앞지르지 않기로 한다

  각진 바퀴가 둥글어지기까지 얼마나 많은 날들이 흘러
야 했는지
  닫힌 바퀴가 이만큼 열리기까지 얼마나 많은 상처가 새
겨져야 했는지
  어두워지는 숲을 더욱 낮게 가라앉히며 은빛 두 바퀴는
굴러간다
  멈추고 싶은 마음 앞지르고 싶은 마음 주고받으며
  덩그랑덩그랑 쇠방울 소리 세상에 이미 없는 길을 찾아서

황금 연못

그 산속에 있었지요 온통 마른 가지 부딪는 숲길을 지나
길게 굽어 있는 오르막 넘어서면
골과 골 사이 번쩍이는 저녁의 황금 연못

사람 없는 산 속 못물이 고여 출렁이고 있었지요
밀어내고 당기고, 흘러가는 것도 아니면서
그냥 고여 출렁이고 있었지요

날이 저물어 갔습니다 어쩌다 이곳까지 흘러들었는지
아카시아 높은 가지마다 물방울이 맺혀 있습니다
여름의 흔적은 이미 어디에고 찾을 수 없었지요

물고기의 길을 찾아봅니다 못물 속으로 열려 있을
집으로 가는 길 아무도 물 위에 흔적을 남기지 못하고,
알 수 없는 슬픔의 자취를 따라 못물은 다시 출렁입니다

그런 날

그런 날이 있지 현관문 따 주길 기다리면서 문득
저무는 하늘을 올려다보면 구름은 하늘 한쪽에
노을이 제 몸에 스미는 것 바라보면서 가만히 한자리에
머물러 있지
가고 싶은 곳 있을거야 가야 할 곳도 있을거야
눈물이 하늘 한쪽에서 스며 나오고 그래, 그런 적이 있
었지
내려다보는 땅 위엔 텅 빈 교실 흰 커튼이 한 자락 삐
어져 나와
둥그렇이 부풀며 마냥 펄럭거리고 담장 옆 아카시아 숲이
바람에 쏠려 이리저리 흔들거리고 어떤 힘이 우리를 잡
아당기는지
눈 부셔 눈이 부셔 펄럭거리는 흰 커튼 아이들은 집으
로 다
돌아가고 텅 빈 교실엔 흰 커튼이 펄럭거리고
어디서 갑자기 손뼉 소리 터져 오르지 찬송가가 울려
퍼지지
이웃집 주방에선 달그락달그락 사기그릇 씻는 소리
힘 없는 그의 팔에서는 낡은 서류 봉투가 툭 떨어지지
문은 아직도 한참 열려지지 않지 여윈 얼굴을 어루만지며
구름 사이로 푸르고 작은 저녁 별 하나 가만히 돋아나지

저물 풍경 속 1

또 이런 것은 어떤가 해는 길게 자취를 남기며 천천히
언덕 너머 기울고 포플러는 잎새마다 한껏 바람을 들이어
하늘 한쪽으로 흐르고 있지 헝클어진 반백의 머리칼, 쉽
사리 초점을 맞추지 못하는 풀린 눈동자가 그런 풍경을
바라보고 있는 것이다

천변의 펄럭이는 포장 아래
달걀 껍질을 벗겨 손자에게 먹이는 늙은이
사랑하는 이의 머리칼을 가만히 쓸어 넘기는 연인의 긴
손가락
휴가 나온 장병이 흘끔거리며 지나가고
커다란 석탄 더미 위
공장의 굴뚝이 가늘게 흰 연기를 흘리고
그늘진 판자 담장 아래에선 더위 먹은 풀들이 늘어져
있다

굳은 각질의 시간이
어둠에 물드는 하루의 굽은 어깨 위에 더께져 얹힌다
비로소 일렁이는 것이다
나무의 둥치가 천천히 움직이고 연인의 머리칼이 부드

럽게 흘러내리고
　굴뚝의 그림자는 길게 뻗어 온다
　빡빡한 눈동자에 물기가 더해지고
　천변의 눈부신 기저귀가 소리 없이 날려 땅 위에 뒹구
는 시간
　비어 있던 자리마다 이름들이 자리하고

　마음은 걷잡을 수 없는 움직임 속에 놓이는 것이다
　어둠의 입자들이 날벌레 떼처럼 달라붙는다
　마침내 그는 의자 아래 굴러 떨어지고
　벗겨진 신발 속의 구멍이 한없이 깊어 그 위에 겹쳐진다
　저무는 저녁 변두리의 풍경과
　잠시 빛나다가 스러진 하루의 빛!
　나는 잘못된 일기를 다시 쓰기 시작한다

저물 풍경 속 2

보이지 않는 어떤 힘이 그를 흔들고 있는 것이다
푸르스름한 공기 속 차츰 뚜렷하게 제 모습을 찾고 있는
나무들은, 제 벌린 넓이만큼 자리를 잡고 천천히 흔들
리고 있다
생각으로 무거운 머리를 숙이고 제 속을 흐르는 물줄기를
들여다보면서 때때로 품속에 깃드는 새들을 안아 보기
도 한다
하나의 나뭇잎이 흔들릴 때 그래, 그 나무의 전 존재가
흔들리는 것이지 그때 그 나무는 붙박혀 있어도 어디론가
떠나고 있다는 것 알 수가 있지 새로운 나이테가 그려
지고
굳은 껍질은 더욱 단단해지고 그 어떤 힘이 나무의
터진 살을 채워 주는 것이다 뿌리는 한 뼘 더 땅속으로
뻗어 가고
희미한 별빛이 힘껏 줄기를 잡아당기지 나무에 기대는
마음이
거친 손으로 가만히 둥치를 어루만지지
한 그루의 나무가 흔들릴 때마다 어둠은 깊어 가고
별빛은 더욱 또렷해지고 깊푸른 풀벌레 소리가
빈 자리를 가득 채우지 언덕 아래 못물이 출렁거리지

어떤 힘이 그를 흔드는 것일까
흔들리며 그를 깊어지게 하는 것일까

신호등 앞에서

보이지 않는 먼지들이 빛을 만든다
어디에서 떨어져 나온 것들인가 시간의 부스러기
내 들숨 속 네 몸비듬과 네 날숨 속 내 피의
뜨거운 입김, 생살을 찢고 심어 놓은 철심(鐵心)조차
부드러운 흙은 허물어 둥둥 시간의 흐름 위 얹어 놓고
다시 어스름 속 가득한 사금파리 빛 조각
가장 높은 높이에서 저무는 하루의 해
검은 습지(濕紙)가 마지막 한 방울의 빛을 빨아당기고
나면
수런거리며 마침내 눈을 뜨는 것이다
신호등의 푸른 불이 순간 밝게 빛나고
사물들이 뚜렷하게 제 모습으로 돌아온다 망설이며
기다리던 사람들은 길을 건너가고
들이마셨던 숨을 깊이 토하며 가로수의 몸이
좀 더 어두워진다 멀리 날아갔던 새들이 돌아온다
따뜻한 체온의 깃털마다
부스러진 시간의 입자들이 아프게 빛을 열고 있다

두레박
— 슬픔의 마술사에게

두레박은 날마다 하늘을 오른다 고층 주공아파트
환한 박하사탕 속에는 그림일기를 그리다가 잠이 든 아이
날개옷을 잃어버린 아내가 있다 무엇이 그를 밀어낸 것
일까
밑이 빠진 두레박을 기다리면서 나무꾼은 날마다
연못가에 서 있었다 물무늬 속으로 겹쳐진 시간의 문을
밀어 보았다
겹겹 거울의 방은 미로처럼 얽혀 소리를 녹이고
소리 없는 그곳에 그는 자기를 눕히고 싶었다
물기를 듬뿍 빨아당긴 종아리로 물고기의 밥이 되고 싶
었다
산호처럼 단단하게 빛나는 흰 뼈를 보고 싶었다 작은
고기가
갈비뼈를 집으로 삼아 드나들고 물이끼가 퍼렇게 끼어
들어
인광(燐光)에 고기들이 놀라지 않기를, 그러자 정말 그
의 몸에서
울음소리가 새어 나왔다 어둔 정짓간에서 밤새 맷돌을
갈던 어머니
방울방울 솟아나던 맷돌 위 눈물이 연못을 이루었다

봉투 속의 그림책이 삐어져나와 발등을 찍었다
마침내 문이 열리고 그는 두레박에 올랐다 너무 큰 구
두 두 짝은
문밖에 벗어 두고

망설이는 시간

커튼 귀퉁이에 머물던 마지막 빛이 사라지고
벽과 천장은 비로소 생각에 잠긴다
무거운 책을 받치는 선반이 조금 휘어지고
어디서 물 버리는 소리 아득하게 흐려진다
싱크대 아래 빛과 어둠이 흐리게 뒤섞이며
애써 손끝으로 신호를 보내지만
고여 있는 시간은 만져지지 않는다
베란다에 매어 둔 녹슨 풍경의 물고기가
덩그렁, 무거운 공기를 밀며 천천히 움직인다
두터운 직물의 커튼이 안과 밖을 가로막고
어둠 속에 놓인 토기의 장미 다발이 시들어 간다
창밖에,
무엇이 자꾸 머리를 부딪고 있다
아이들을 데리고 목욕 간 아내는 아직도
돌아오지 않는다

병

시계 소리에 잠을 설쳐 본 적이 있으신지
희미하게 처음엔 얕은 잠의 기슭을 핥아 대다가
점점,
마침내,
누군가의 구둣발 소리 저벅거리며 계단을 올라오고
급해지는 맥박이 위험하게 부풀어오르고
가는 초침에 매달려 진공의 공중으로 치솟거나
사정없이 나락으로 곤두박질치곤 하던,

출구 없는 원 속에 갇혀
구석으로 구석으로 내몰리다가 마침내 하늘과 땅이
맞붙어 버렸을 때, 짧고 긴 침에 스스로 사지를 묶고
육시(戮屍)를 당하던,

그러나 그때 갑자기 샘물이
정수리에서 솟구치는 것이었다
용암이 끓고 있는 분화구에
살얼음조차 끼어드는 것이었다

하지만 나는 지금 뜨거운 주전자

쉑쉑 김을 뿜으며
또 다른 아픔에게로 다가간다 바위 속 같은 어둠 안
손을 뻗어
급하고 느린 맥박을 네게 전한다
박하 향 환한 아픔 속 누군가 앓다가 떠난 자리
가만히 이 흔적을 끼워 넣으며,

꽃잎 필 때

사람의 몸에서 향기가 날 때가 있다 둥근 사람은 둥굴
레 향기, 모가 난 사람은 모싯대 향기, 저마다의 빛깔과
향기로 다가올 때가 있다

쫓기다 쫓기다 더 이상 물러설 데가 없다고 생각될 때,
뒤돌아 자기를 가만히 풀어 놓으면, 시간의 고랑을 타고
찰찰 흐르는 물소리로 거슬러 오르는 물고기 떼 만나게
되지 몸속 어디에선가 시작된 작은 소리는 천천히 온몸을
적셔 나가다가 마침내 하나의 큰 물줄기 이루고 자잘한
꽃들이 몸 구석구석 피어나고 이윽고 큰 꽃잎 하나 벙글
게 되지

물줄기가 이끄는 길을 따라 발목을 적시며 흐르면 세상
은 너무 가득한 꽃향기 내가 너를 적시고 네가 너를 적시
고, 딱딱한 벌침을 힘껏 껴안는 꽃잎 속에 아, 신음 소리
터져 오른다

하나의 꽃잎이 벙글 때, 둥글고 모가 난 갖가지 향기
내게로 온다 밀리고 밀려 물가로 쫓겨난 자잘한 꽃들, 자
기를 풀어 큰 꽃 하나 벙글게 한 그대 몸에서 힘껏 나를
빨아당기는 알 수 없는 힘 내게로 온다

장마

놋 세숫대야 위로 뚝뚝 떨어지는 꽃잎. 다알리아가 머릿속에서 폭발했다. 핏줄 속을 소용돌이치는 붉은 꽃잎. 아버지 머리 위로 여름비가 흘러내렸다. 소용돌이치는 세월 위로 종일 비가 내렸다.

나팔꽃은 벙어리. 아무리 흔들어도 소리나지 않는 종. 징 소리에 잠을 깬 새벽. 어머니 대를 잡고 떨고 계셨다. 칼 그림자 번뜩이며 떨어지는 마루 위. 징징징 징 소리. 빗줄기를 감고 울려 퍼지고.

물 대접 속에 갇힌 식구들의 얼굴. 어머니는 놋그릇을 챙겨 흙 속에 묻었다. 어둠 속에서 푸른 녹은 불꽃처럼 일어나고. 땅속에서 불꽃은 불꽃을 끌어당기고. 장마가 그친 수성천에는 흙탕물이 소리치며 흘러내렸다.

장마 속 봉오리를 맺은 해바라기. 여물어야 할 앞날이 까만 씨처럼 촘촘하게 박혀들었다. 긴긴 여름이 시작됐다. 묵은 빨래를 널어 내는 장독대. 어머니의 소금 그릇이 하얗게 빛이 났다.

아카시아

무슨 할말이 그리 많았을까 돌아앉은 마을 어귀 오래
묵은 아카시아 나무는 푸른 그늘 아래 분 가루 뿌리듯 솔
솔 향기를 흘리고, 주절주절 이야기를 긴 꽃송이로 달았
다 냇물 반짝거리며 먼 길을 가는 거기 그래, 갈 수 없는
나무는 향기를 미리 보내는 거지

멀리 가는 물 위의 향기, 하루의 해가 저물면 누군가
또 마을을 떠나고 아카시아는 더욱 많은 할말들을 속으로
삭혀 냈다 오래 닳은 자갈들 물밑으로 굴리며 개울물은
밤에도 쉼없이 어디론가 흘러가고 투닥투닥 풋감 떨어지
는 소리 새벽 선잠 속으로 끼어드는 날들

푸른 가시를 지우는 데 얼마나 많은 세월이 필요했을까
가지마다 할 말들을 둥근 물방울로 빚어 달고 저물녘 어
둑살 속 아카시아 홀로 깊어 간다 오래 묵어 터진 세월의
더께를 견디며 일렁이는 무덤 속 마을의 불빛, 기다림을
버린 집집마다 중얼중얼 이야기를 숨겨 놓은 채

가까운 길

비 온 지 오래됐는데도 지금 이 산은 물 듣는 소리로 분주합니다 오래 머금었다 뱉어 내는 말소리 산은 풀 한 포기도 깊게 품었다가 풀어 줍니다 갈림길을 지날 때 소나무 가지가 갑자기 앞을 막았습니다 몸을 구부려 피해 갑니다 쫑긋쫑긋 이제 막 품에서 풀려난 아침 새가 참나무 숲 위로 솟구치는군요 새들은 무거운 하늘을 끌고 저 멀리 날아오릅니다 얼마나 많은 것들이 깃들어 사는 걸까요 귀 기울이면 쉴 새 없이 말을 건네는 것들 누군가가 던져 만든 조그만 돌탑 골짝마다 숨어 있는 희미한 오솔길 마침내 나는 알게 되었지요 산정에 이르러 만나게 되는 어떤 길에도 오래 헤맨 이들의 발길이 스며 있습니다 나는 길을 걸으며 생각해 봅니다 누가 이 길을 걸어갔다 낙엽이 뒤덮인 이 숲길을 누군가 처음 길을 내었다 그러나 이 길은 집으로 가는 길이 아니다 하지만 그 순간에도 발길은 산속 깊은 곳을 헤매 돌고 너무 오래 망설였던 탓일까요 말랐던 개울의 얕은 물소리에도 귀는 크게 열리고 집 앞에 바로 산을 두고 나는 너무 멀리 돌아온 것 같습니다

가을 여치

처음엔 그저 검불인가 했지요 보닛 위에 아까부터 조그
만 것이 붙어 있었습니다 마주 오는 불빛이 끊어 내는 그
것은 아, 그러나 날개가 커다란 풀벌레였어요 미끄러운
속도에 미끌어지지 않으려고 한사코 버팅기는 초록 목숨
이었습니다 생각 없는 바퀴가 짓이길 수도 있었겠지요 칠
흑의 어둠이 덮칠 수도 있었겠지요 그러나 당신은 두 손
으로 그것을 받쳐 들었습니다 모은 손바닥 가득 별빛이
고였습니다 그 빛에 되쏘여 얼굴이 환하게 밝아 왔습니다
풀벌레는 떼떼떼 숲속으로 날아가고 날갯짓 소리 오래오
래 귓가에 남았습니다

가야 할 어둠 속의 먼 길을 바라보았습니다 가야 할 길
끝에 매달린 사막 도시를 떠올렸습니다 도살장 시멘트 담
장 아래 핏물에 절은 여뀌 풀이 있습니다 높은 담장 욕조
의 으깨진 신음 소리, 검은 안개 풀리는 골목은 익명의
살의를 숨기고 있습니다 오랜 폭염이 끝난 밤하늘은 별들
이 아프게 자리를 바꾸고 진양호 다녀오는 밤 고속도로
우연한 길 속에 뛰어든 가을 여치 한 마리 가야 할 우리
앞길 흔들어 놓습니다

달맞이꽃

　자갈밭을 다 걸어갈 때까지 친구는 오래 말이 없었습니다 도꼬마리 열매 소매 끝에 자꾸 달라붙는 저녁 들판 지는 해가 따갑게 살갗을 찔렀습니다 먼 길을 돌아와 그는 이곳에 터를 잡았지요 매듭 많던 청춘의 굴곡마다 크고 작은 자갈을 빼어내고 하천부지 거름 많이 부은 땅은 가지가 휘도록 굵은 열매를 달았습니다 황토 산을 마주보는 단층 슬라브는 사방 창이 트여 뻐꾹새 쉰 울음이 마루 위에 뒹굴고 염소를 몰아오는 일곱 살 외아들의 오줌 줄기 유난히 힘찼습니다

　밤마다 밑줄 쳐 읽던 책 위로 저녁 거미 길게 내려오고 떨어져 있던 아내는 집으로 돌아와서도 전교조 사무실을 매일 나갔습니다 창고 안팎에 늘어나는 빈 사과 상자 들 쥐들이 바람을 물고 토담 아래 들락거렸습니다 못가에 자리를 잡고 우리는 매운 국을 오래 끓였습니다 벌건 국물 속에 마늘처럼 함께 웅크려 울었던 세월을 다져 넣었습니다 물풀들이 파랗게 못물 위로 떠올랐습니다 흐린 물결이 쉼없이 기슭을 때렸습니다

　어둠은 늘 그랬듯 갑자기 들이닥쳤지요 돋아나는 별빛

을 따라 참개구리 울음소리 하나 둘 피어오르고 자욱한
풀벌레 소리에 묻혀 돌아오는 길 무심코 흔들리는 손전등
에 아, 노란 나비 떼 지천으로 날아올랐습니다 어디에 숨
어 있었던가요 달맞이꽃, 어둠은 그렇게 많은 것들을 품
속에 보듬고 있었습니다 이리저리 도깨비불 날아다니는
들판 끄트머리 무슨 기미를 알았던지 개 짖는 소리 희미
하게 안개 속을 묻어 오고 따라가면 금세 사라지는 친구
의 뒤를 따라 오래도록 들길을 걸어 나갔습니다 앞서가는
친구의 머리 위에 커다랗게 둥근 달이 돋아 올랐습니다

소리에 대하여

가을 나무들은 소리에 민감해진다 잎새에 떨어지는 작은 햇살에도 금세 몸을 뒤틀고, 그렇다 반짝임 속에는 언제나 소리가 스며 있다 우리가 나눠 가졌던 시간 우리가 가질 수 없었던 시간이 있다 지금 멀리서 어떤 움직임이 오고 있다 알지 못한 사이에 자라나 그늘을 드리우는 텅 빈 시간 하늘 한쪽에 구름이 새하얗게 빛이 나고 나뭇잎은 다시 반짝거린다 시간의 가는 결을 따라 엷은 물기가 스며 나온다 왜 나는 이곳에 있는가 왁자하던 시끄러움이 가신 사무실 서류 더미 속 무엇을 바라보고 있는가 소리들은 다 어디로 스며들었는가 토요일 오후 집으로 가는 먼 길을 바라보며 빈자리에 들어차는 사물들의 속을 헤아려 본다 제 몫의 쓰임새에서 벗어나 소리 없이 자리를 지키고 있는 낡은 책상과 고물 선풍기, 시간을 빨아당기는 캐비닛 속 서류 뭉치들 이윽고 볼펜 속의 굳은 잉크가 천천히 어스름으로 풀릴 때 움직임을 거둔 나무들도 조용히 팔을 내린다 단단하게 여문 씨앗을 속으로 감추며 그렇다 소리 없는 씨앗 속에는 언제나 잎새들의 반짝임이 스며 있는 것이다

이제 스스로 길이 되고자

한때는 이곳도 깊은 산중이었겠지요
찻길에 물려 있는 동네 산어귀
오래된 봉분이 하나 있습니다
아이들이 미끄럼을 탔는지
반질반질 뗏장이 벗겨진 황토는
이제 막 허물어지고 있습니다

걸방석도 저만치 뽑아 던지고
뗏밥이 끊긴 지 이미 오래되었습니다
무덤 곁에 드리운 어스름을 가르며
새벽 산을 내려오는 사람들
무심코 밟는 발길 아래
이제 길이 되고자 스스로
몸을 허물고 있는 묵은 봉분이 있습니다

산 아래 동네에는 닭 우는 소리
밥 짓는 희미한 연기 안개로 풀려 오고
먼 빛으로
푸른 새벽이 오고 있습니다
무덤 곁을 돌던 발길

도래솔을 빠져나올 때 고개를 끄덕이며
청솔 방울 하나 툭 어깨를 때립니다

2

고집에 대하여

　먼지 낀 유리창이 덜컹거리는 시골 관청마다 굽은 어깨의 그가 있다 뭉툭한 코와 불콰한 안색, 니코틴에 찌들은 손가락으로 꾹꾹 눌러 쓰는 습관, 복사기가 들어오고 필요 없게 된 등사기와 먹지, 갖은자의 한문을 그는 왜 버리지 못하는 것일까 거침없이 붉은 줄을 긋고, 새로운 이름을 써넣는 호병계(戶兵係) 여직원의 긴 손가락을 그는 못 미더워하는 것이다 뻑뻑한 세월의 미닫이를 밀며 진눈깨비는 쏟아지고, 사무실마다 태엽 시계 괘종이 녹슨 소리를 낸다 낡은 끌판이 자주 구멍을 내는 등사지, 숭숭 뚫린 가슴 속으로 진눈깨비가 들이붓는다 구겨진 종이 속 담겨 버려진 그의 고집, 흘러간 날짜 위 번진 등사잉크처럼 쉬 지워지지 않는다 그러나 알 수 없는 일이다 손때 묻은 서류철을 덮고 느릿한 그의 자전거가 삐걱거리며 마을을 지날 때 집집마다 처마가 이마를 좁히고 사물들은 안심하고 어둠 속 몸을 맡긴다 그때 우리는 알게 될 것이다 묵은 것의 아름다움, 혹은 가벼움이 다 지난 뒤에 남는 각질의 시간과 고인 물 속에 숨어 있는 고집 센 가물치 한 마리

　얼마나 많은 고집들이 버티게 하는 것일까 시골 관청의 두터운 호적부와 낡은 창틀에 몸을 맞추며 우리는,

마술사

향을 만져서일까, 그의 몸에서는 늘 향내가 난다 그는
꽃을 피우는 사람 피 묻은 손을 닦고 오래 주물러 체온을
불어넣고 열 손가락마다 죽은 가지를 살려 꽃을 피운다
영안실 창밖에는 그쳤다 내리는 싸락눈, 맑은 소주 속 끊
겼다 이어지는 이승의 인연으로 손금 속 비로소 실개천은
흐르고, 벗은 가지에 걸린 비닐 조각처럼 다시 한 생애가
펄럭인다 짐짓 딱딱한 표정으로 그는 장부에 이름을 기입
한다 빛이 들지 않는 사무실은 언제나 눅눅한 습기 먼지
를 빨아당기고 유치장의 굵은 쇠창살 사이 덩치 큰 집쥐
들이 득실대고 있다 그새 뾰족한 꼬리가 돋지나 않았는지
자주 뒤를 만져 보는 그는 그러나 어둠을 사랑하기로 한
다 몇 년이 가도 바뀌지 않는 낡은 잠바, 삐걱이는 의자
에 앉아 검은 꽃송이들을 결재 서류에 넣고 쥐들이 설쳐
대는 사무실을 나서면 어둠은 다시 따뜻한 솜이불로 그를
감싼다 쥐들이 그의 긴 그림자를 갉아먹는다 해도 열 손
가락 끝 피어나는 향내는 마시지 못한다 그의 발 밑으로
큰 강이 휘감아 흐른다 주머니 속 쩔렁이는 동전 몇 닢,
어둠 속에서 붉은 동백이 봉오리를 맺고 있다

오태천 *

　거품을 문 채 부글대고 있었다 목 없는 자라 먼 바다로
가는 길목 큰 강에 잇닿은 긴 창자는 검은 폐유 딱딱하게
뒤엉겨, 짐짓 흐름을 안으로 감춘 채 천천히 밀려가고 기
름갓을 쓴 여뀌 풀 한 포기 한 발을 하천에 담근 채 끄덕
끄덕 끌려가며 방죽 위 얽힌 풀뿌리 휘어잡는다 치솟는
공장들의 굴뚝 너머 벗어 버리고 싶었던 것일까 시궁창
속 꽂혀 있는 낡은 안전화 한 짝, 하늘은 구멍난 양말 아
무리 독한 술을 부어 넣어도 얼굴이 쉬 붉어지지 않는다
누가 기억이나 할 것인가 여기 한때 발과 갓끈을 씻던 흰
모래가 있었다 풀섶을 들락이던 물방개, 투명한 몸의 피
라미 떼, 시간의 입김은 모든 것을 한순간에 딱딱하게 만
들어 흙을 만지던 따뜻한 손마디 차가운 기계의 공이를
박고, 어둠 속 지나는 여자의 단추를 함부로 뜯게 한다
낄낄거리는 바람 여뀌 풀의 가랑이 속 네온사인이 번쩍거
린다 흘러가는 것도 아니고 멈춰진 것도 아닌 그런 세월
속으로 꿀럭거리며 움직여 가는 몸뚱이, 질긴 욕망이 창
자를 길게 늘이고 있다

---

　* 구미공단 외곽의 샛강. 바로 곁에 영남 사림파의 비조(鼻祖) 야은
　(冶隱)과 조선 중기의 거유(巨儒) 여헌(旅軒)의 유택(幽宅)이 있다.

흑산도집

홍어회는 흑산도산이 제격, 얼치기 홍어회에 속아 본 사람들은 모두 흑산도집을 찾는다 어둠이 폐사 뭉치로 굴러오는 변두리 시장 골목 덜컹거리는 유리문을 밀면 뿌연 수증기 속 맵고 찝찔한 공기, 급한 소주 몇 잔에 벌써 불콰해진 사람들 연탄 화덕의 가스가 취기를 부추긴다 주점 밖엔 구죽죽한 늦은 봄비, 흐린 불빛 밖으로 열려진 연장통 안 밀려난 어둠이 웅크리고 있다 며칠씩 삭혀야 제 맛난다는 홍어를 구하러 어저께 주인은 목포로 갔다 경상도 구미 땅에서 제바닥 홍어회를 먹기가 그리 쉬운 일인감 취객들은 모두 기다리는데 이력난 사람들 오줌처럼 지린 입맛을 찾아 저녁마다 몰려든다 얼마나 삭아야 제 맛이 나는 걸까 짝 없는 젓가락이 술상 밑에 딩굴고 환풍기는 쉴 새 없이 어둠을 뿜어낸다 두 손으로 말아 쥔 술잔 속 출렁이는 비린 바다 탁한 물결 홍어를 구하러 바다로 간 주인은 아직 돌아오지 않고 더러는 고개 꺾어 제 속에 코를 박고, 썩어 가는 익숙한 냄새에 취하기도 한다 고향 떠난 남도 사람 몰려드는 공단 변두리 흑산도집 위엔 밤마다 홍어 떼 무리져 날아다닌다

개 이야기

글씨, 이 지독한 눔들이 어디 있으까요잉 아까부터 술 취한 한 사내 눈도 못 뜬 강아지 입에다 우유를 부어 넣고 있다 처먹어라 처먹어, 억지로 아가리를 벌려 부어 넣다가 그래도 영영 입 대지 않자 오들오들 떠는 놈을 품속에서 꺼내 그만, 냅다 내팽개친다 뒈져라, 뒈져…… 글씨, 이눔 에미가 새끼럴 열세 마리나 내질렀지라우 왼종일 개나리 덤불 아래 낑알대더니 끝도 읎시 새끼덜을 내지르지라 어째, 젖꼭지는 열 개밖에 없는디…… 근디, 이 노무 에미가 한 번 찍은 새끼덜은 용케 알아부러 다른 놈이 쉴 때에도 절대 젖을 안물리지라 그래도 이눔들은 한사코 달려들고, 그랑께 그만 지 큰 몸으로 깔아뭉개 버리지라…… 얼른 놀래 빼왔지라, 간밤에 두 놈은 뒈져 불고 이 한 놈만 게우 남았지라우 빛 바랜 추리닝 사내는 곰지락거리는 강아지를 다시 안아 든다 한 모금 소주잔을 마저 털어 넣은 사내는 남은 술을 강아지에게 부어 멕인다 그래, 뒈져라 뒈져, 그만 뒈져 부러라…… 보다 못한 안주인이 소주병을 뺏아가고 꽃샘바람 덜컹대며 유리문을 뒤흔든다 공단이 들어서고 밀려난 구미시 신평동 골목 주점 전라도 부안에서 왔다는 혼자 사는 사내는,

권진규

일렁이는 공기의 흐름을 따라 지워졌다 떠올랐다
어디로, 가는 것일까 눈썹이 붉은 스님
영덕이 고향이라는, 갓 스물이 되었을까 앳된 비구니
그냥 혼자서 둘러본다고 했다 고향 바다 검푸른 파도
막 새순이 돋기 시작한 보리밭을 훑고 있었다
까마귀가 날아올랐다
철조망 사이 오롯한 길을 걸어, 점점이 사라져 갔다
파르스름한 머리가 눈 시렸다 얼마나 가야 하는 것일까
발라내고, 쓸데없는 살점을 낱낱이 발라내고 벼랑 앞에
서면
출렁이는 파도는 몸을 갈라 길을 내는 것이다

못을 품은 채찍이 창밖 수양버들을 후려쳤다
아틀리에 아궁이 앞 허리 굽힌 그가 있었다
수천 도 불꽃 속 달구어지는 흙
때리면 쩡, 하고 소리 갈라지는 테라코타
천년을 죽지 않는 이집트의 미라 묵은 씨앗 속에서
보리가 순을 틔웠다 푸른 불길이 밤마다 그를 덮쳤다
하늘을 찌르는 검은 연기 속 몇 알 사리가 영롱했다
스스로 닮음으로써 그는 완성했다, 완성했다라고 나는

적는다 거슬러 오르는 그가 있다 아른아른한 공기 속
꺼졌다 떠올랐다 천천히 시간을 거슬러 오르며 그는,

가을 달

무 밭이나 배추 밭의 고랑 사이 굴러 온다
불길 치솟던 미루나무 이파리에 슬몃 그늘이 스며들고
목덜미에 차가운 이슬방울 풀잎들 소스라칠 때
늘어져 있는 시간의 고랑을 헤치고 피어오른다

납작 마당에 엎디어 불볕을 견딘 채송화, 꽃다지 키 낮
은 꽃들
떠밀리고 떠밀려 어스름 속 수제비 그릇을 받아 들면
거기,
국물 속에 떠오르는 또 하나 감자알
감자는 자주 목이 메이지, 단칸 셋방 옹기종기 모여 앉
은 식구들
누군가의 발길질에 끓던 국 솥이 뒤집어지고, 샛강의
어둠이
대문 안으로 밀려들고, 아이들은 소리치며 골목으로 내
달아친다

굳은 기름때의 세월은 빈 냄비처럼 마당에 굴러 떨어져
이윽고 여름이 지나가는 것이다

늙은 어머니는 화단의 봉숭아를 뜯어 달아나려는 열 손가락을
칭칭 붙들어 매고, 식은 국물 속 죽은 귀뚜라미를 남몰래 건져 내고,
마루까지 몰려온 어둠을 천천히 쓸어내린다
명치 끝 걸려 있는 시린 달덩이를 삼키며 아들의 벗은 무르팍
딱딱한 피딱지를 떼어 내면 묵은 상처 속
봉숭아 손톱 같은 달은 다시 차오르고
이마 맞댄 좁은 처마 사이 끊길 듯 희미한 벌레 소리를 타고

굴러 오는 것이다
푸른 멍 자국 짙은 오래고 오랜 그 달은,

병든 사내

어둠이 습지처럼 그의 희망을 빨아들인다

붉은 나트륨등 아래 검은 덩치의 히말라야시더가 천천
히 흔들리고
무겁고 짧은 기계 소리가 간단없이 이어진다 여름밤은
녹아내린다 궤양의 위가 퉁퉁 불어난다

끈적이며 손가락에 달라붙는 자판기의 검은 액체
때 묻은 삶을 얼룩지게 한다
희미한 형광등이 그의 이마에 번지는 땀을
집요하게 비춘다 눅눅하고 푸른 공기는 황폐한 그의 내
부를 가득 채운다
짧은 도둑고양이의 울음이
원사 더미의 그림자를 찢으며 그를 어둠 속으로 떠다민다

욕망이 빠져나간 육신은 형편없이 일그러진다
한숨을 쉬며 그는 종이컵을 구겨뜨린다 흰 연기를 꿀럭
꿀럭 토해 내는
굴뚝, 그는 돌아갈 집이 없는 것이다

갑자기 히말라야시더 검은 둥치가 쿵, 그에게 기대 온다
마침내 그는 중얼거린다
저 히말라야시더와 몸 바꿀 수 있다면!

숙직

초자(硝子) 공장 굴뚝의 흰 연기가
작약 꽃 속으로 빨려 들어간다

봄날 휴일 그는 누구의 방문도 받지 않았다
빈 공장을 두터운 구름이 구석구석 뭉쳐 굴러다녔다
농성장의 구호 소리 철망 울타리의 늦개나리
짙은 녹음 근처 풀벌레가 울었다
삐릿삐릿 잔디의 새순이 돋고 있었다
덤프트럭의 육중한 바퀴가 잠시 그의 귀를 뺏아 달아났다
수은등의 차가운 쇠기둥 그림자가 길게 가로질러 왔다
숙직실의 어둠 저편에서 브라운관의 푸른빛이
홀로 어둠을 밀치고 뻗쳐 난다 그를
지키는 것은 이십 년이 넘은 트랜지스터 라디오
방금 삑삑거리는 잡음을 뒤져 소리를 찾아냈다
새벽 두 시
사할린에 사는 조분순 씨가 청도군 매전면의 오빠를 찾
는 소식
빗장 지른 철망 문 근처 밤새 웅얼거리는
어둠을 한번 밀어 보고 그는 완강하게 다가오는 흰 건
물 뒤로

돌아간다 희미한 랜턴 불빛을 여기저기 거칠게 던지며

붉은 작약 꽃잎이 둥글게 떨어진다

장미

흰 단지가 부풀어 오른다
목이 꺾인 검은 입술의 창녀
푸른 초여름밤의 방은 둥글다

탁자 위 낡은 신문이 구겨지며
사내는 길게 눕는다
발치에 엎질러진 우유, 숱 많은 검은 머리칼을
함부로 적시는 안개
비눗방울처럼 방은 떠올라 터진다

단지 속 두근거리며 끓는 어두운 물
사내의 귓바퀴가 바다를 향해
열린다 귓속을 흘러드는 물소리
묵은 상처 위에 등 굽은 물고기 떼
허연 배를 뒤집으며 떠오르고

사금파리처럼 빛나는
형광의 입자를 건너 쏘아보는 새벽 세 시
마침내 분홍빛 안개는 걷히고
차가운 재의 날짜가 기다리고 있다

장미, 초록의 잎사귀들도 검게 물들어
두 팔을 늘어뜨리고
늙은 창녀의 입술이 길게 처질 때
한없이 뚫린 깊고 습한 구멍 속으로 빨려 들어가는
초여름밤 푸른 커튼의 방

길바닥이 썩어 가고
향기에 취한 사내가 다시 길게
다리를 뻗는다

수련

얼마나 질긴 욕망이 뿌리내린 것일까 검은 뻘의 바닥에 닿아 환히 불 켜는 수련, 꽃대궁 아래 녹색의 물은 어두워 속이 보이지 않는다

커튼 뒤에 숨은 사내 엎드려 바라보면 평평한 아파트 바닥 돌올(突兀)히 솟은 희고 둥근 변기, 차고 단단한 사기질(沙器質)은 함부로 입 열어 놓고, 구멍 속 그득하게 고인 물이 불길을 일으킨다

식탁 위 액자 속 모네의 수련 동그랗게 입을 오므릴 때 폭주족의 굉음이 자즈러지며, 위층의 정숙한 부인은 치마 위에 커피를 엎지른다

놀이터의 녹슨 그네 삐걱일 때 집집마다 백열등은 눈을 뜨고, 칸칸마다 욕망의 핵이 세포분열을 한다 얽혀 있는 배관을 통해 누가 버리는지 비누 거품 쏟아지는 소리

어두운 연못 속 깊이 가라앉는 아파트, 오물을 빨아당겨 꽃피운 수련의 흰 몸, 나날이 벋어 오르는 줄기 위 화엄 만다라(華嚴 曼茶羅), 저 화사한 빛! 수련!

장미를 노래하다

간밤 몸 위를 지나간 사내를 기억함인가
꾀죄죄한 장미 한 송이 몸 빼쳐 두리번거린다
먼지 속 뽀얗게 진드기까지 뒤집어쓰고

늙은 창녀가 서 있던 역전 광장
출근 버스 기다리는 후줄근한 사내 벌리는 입 속
딱딱한 푸른 가시는 가득 돋았다

조팝나무

조팝나무 아래 쉰밥을 묻고 딸은
울타리를 빠져나갔다
개나리 울타리 짙푸른 녹음이 부추겼다
농약 빈 병이 함부로 뒹구는 들길 가로질러 갔다
뻐꾸기 소리로 불러내던 불륜의 밤이 밀어내었다
도시의 어둠이 거두어 주었다
너는 밤의 딸. 네 자궁 속엔 쉰밥이 싹을 틔워 무수한
열매를 맺으리라
낡은 실밥처럼 터진 홀애비의 생애를 덮으며
다시 조팝꽃 희게 흐드러져 터져 오른다
잉잉 벌 떼들이 정적을 깨는 공단 변두리

도화(桃花)

막, 거웃이 돋기 시작한 작은 둔덕
푸른 보리 줄지어 끝없이 나부끼고
봄바람에 물러 터진 밭고랑엔 달콤한 고름 흘러넘치네
붉은 반점 툭툭 불거지는 둔덕의 낮은 꽃나무
못 이길 꽃을 잔뜩 피워설랑
허둥지둥 제 몸의 불 끄기에 바쁘네
언덕 아래 파헤쳐진 커다란 구덩이 안
일찍 진 꽃봉오리는 썩어 가고
왜관과 연화 사이 울긋불긋 기지촌 주변
화장독 오른 푸른 입술의 앳된 창녀
썩어 가는 제 몸의 향기에 취해
컴컴한 동굴 같은 몸속의 구멍을 들여다보네

목련

검은 밤
목련이 징그럽다

잎 하나 없이
목만 댕그라니

동아쇼핑 앞쯤 방천에서
효수당했다던 최복술*

부릅뜬 두 눈의 무서운 머리
검은 밤 은박지로 붙어 있다

* 1864년 사도난정의 죄목으로 처형당한 최제우의 아명.

박쥐

니가 직선으로 솟구치며 여는 하늘을
나는 원을 그리며 닫아 놓는다
얼마만 한 거리를 맴돌았던가
한 뼘의 확실한 공간을 위해
팔랑이는 검은 날개의 세월은 떨고 있다
쏘아보아 비로소 아는 청맹의 시간
저녁에서 저녁으로 이어지는 징검다리를 건너
몸은 더욱 낮아지고
더럽혀진 구름은 어두운 샛강으로 흘러들어
깜빡이는 별빛 눈초리 떠오르는구나

한 마리 벌레의 허기를 위해
스스로 몹쓸 벌레가 되는 나는 새가,
아니다 몸속 고름의 젖줄로
더 큰 고름 덩이를 채우는 나는, 포유류
오늘부터 해직 기자가 된 우 선배*는
더 이상 포유류가 아니다
아니다아니다아니다아니다 더 빨리 달리는 시간
천천히 흐르는 고통
굳은 폐유의 오태천은 천천히 흘러

낙동강으로 스며들고

치욕은 이빨 사이 치석으로 굳어 가고
입을 열면 검은 거품 부글부글 들끓어
끝끝내 잃어버린 반쪽 하늘을 헤집어 놓고
철 잊은 모기 소리를 찾아 그어진 밤과 낮 사이
무시로 넘나드는 우리 모두는
날짐승 길짐승 구분 없이 그저
짐승, 이라고만 적어 두기로 한다

* 매일신문사(당시 사장 김경환, 대구시 중구 계산동 71)는 28일 대자
보를 통해 KBS 사태와 대구 서구 갑 보궐선거 등과 관련, 이 신문의
보도내용을 비판한 우호성(40, 노조지부장) 기자를 해임하고 박종봉
(35, 생활과학부) 기자 등 세 명은 무기 정직 처분했다고 노조에 통보
했다. 기자들은 이 대자보를 통해 "최근 《매일신문》의 보도내용이 10년
만에 최악의 상태"라고 주장하고 대구 서구 갑 보궐선거, KBS 사태,
대구 경상고 사태 등과 관련해 누락·축소보도한 책임을 편집 간부들
이 져야 한다고 촉구했었다. (《한겨레신문》 1990. 4. 29.)

아무도 그 숲의 일을 말하지 않는다

간밤 이 숲속에 무슨 일이 있었습니까 트여 오는 새벽
시린 이마에 핏자국이 엉겨 있습니다 뒤숭숭한 소문의 잎
새들이 흔들리는 숲속 짧은 날개의 새들 파닥대며 길 막
아서고 긴 꼬리의 짐승이 얼굴을 후려칩니다 검은 안개
피어오르는 계곡 뜬눈으로 밤을 새운 풀잎들이 발목을 걸
고 솔잎혹파리 마른 가지들이 서로의 눈을 찌르고 있습니
다 피 흘리는 숲의 침묵을 아무도 말하지 않습니다 그 숲
의 어둠이 너무 짙어 누구도 숲속에 들려고 하지 않습니
다 그날 새벽 숲속에 무슨 일이 있었는지 쫓기던 어린 짐
승은 돌에 맞아 피 흘리며 쓰러지고 찔레꽃 하얗게 무더
기진 덤불 아래 눈떠 오던 새벽이 숨겨져 있습니다 서둘
러 길들은 숲을 빠져나오고 아무도 그 숲의 엄청난 일을
말하지 않습니다

3

길

푸른 보리 이랑 너머 무지개 서듯
가슴 속 둥그럿이 그어진 서늘한 길 하나

숲

숲이 흔들리고 있다
숲의 그림자가
따라 흔들리고 있다
천천히 혹은 빠르게
숲을 바라보는 내 마음이 숲을
흔들고 있다

누가 당기나 내 마음의 밧줄!

열한 시

열한 시에 당신께 꽃을 보내네
열한 시는 당신이 눈뜨는 시간
공중을 떠돌던 먼지가 조용히 가라앉고
사철나무 새순이 반짝, 눈을 뜨는
비로소 당신이 세상의 중심이 되어
늙은 우체부의 묵은 편지를 기다리는 시간
싱크대엔 물방울이 조심스레 떨어지고
고양이 노랑 눈이 화분의 그림자를
동그랗게 말아 올리는
지금 당신 가슴엔 졸졸 강물이 시작되지
사각 창의 흰 포플린 커튼이 커다랗게 부풀지
그 많은 금빛 단추를 당신은 풀어내지
유리컵의 투명한 물
조그맣게 졸아드는 오전 열한 시
당신께 꽃을 보내 드리지
서른 송이 장미꽃 당신께 보내지

축음기 소리

넓은 마당은 검붉은 작약꽃밭
색에 취해 어질어질 흰 나비 한 마리
비틀거리며 날아간다

햇볕 쩽쩽한 대청마루
길게 늘어지는 축음기 열녀춘향수절가
아편에 취한 양조장 집 둘째 아들
한 사발 검은 피 토하고 난 뒤
모로 돌아누워 듣는
꽃밭에 내리는 빗소리

며칠째 열병 앓고 일어난
일요일 대낮
너덜너덜해진 몸을 벗고 나는,

염산(鹽山)에서

왕소금에 썩썩 썰은 돼지고기 몇 점
소금 포대 나르다 새참 먹는 일꾼들 틈에 끼여
공으로 얻어먹는 탁주 한 사발
오리들이 뒤뚱대며 길을 건너고 있다
어질머리 붉은 해가 섯등* 갇힌 바다에 빠져든다
길 옆 논에는 불을 뿜는 싯푸른 볏잎들
바다는 멀어도 고기 떼 지나는 소리 잘 들린다

* 염전에서 소금을 만들 때 바닷물을 거르기 위해 둘러막은 장치.

봄

푸른 서슬 칼날이 정수리를 내리친다
수양버들 우듬지를 때리는 한 줄기 번개
잘린 목 흰 피가 솟구친다
땅을 적시는 부신 무지개
죽은 흙이 파헤쳐진 자리 새 흙이 돋고
구덩이에 파묻은 별 무더기 위
눈부신 구더기 떼 들끓고 있다

벚꽃

꽃잎이 펄. 펄. 펄. 쏟아진다
살내음이 너무 독하다

대야 가득 빠지는 머리카락
목숨은, 너무 질기다

얼마나 가야 하는가
꽃잎 버린 받침 위에 다시 돋는 초록 이빨

백합공원에서

긴 채찍이 휙휙 사정없이 내리친다
맨살의 마음에 빗금 그어지는 생채기
수양버들 꽃눈의 매듭마다 추억은 맺혀 있다
얼음 풀린 봄 강의 이쪽과 저쪽
건너갈 수 없는 강물에 붉게 내려앉는 참꽃 그림자
낡은 필름 희미한 얼굴 꽃눈 속 스며들어
눈 아리게 꽃씨는 이토록 뿌려 대는가
봄풀 우거진 캄캄한 봉분을 뚫고 서울행 동차가
머리 없는 세월을 밀고 가는데
복사꽃 농염한 꽃그늘 너머 나는,
아내 잃은 젊은 남편의 묘비명을 읽는다

  주님, 고통 속에 색을 다한 아내의 모습에
찢어지는 심정으로 통곡하나이다
부디 소원이건대 사랑하는 아내의 모든 것을
주께서 거두어 주소서

남편 주영화의 처 박미화의 묘
1956년 1월 17일생

1988년 10월 11일 20시 10분 사망
아들 현석 딸 현정

밀생(密生)

구멍마다 솜덩이 꽃을 달고 섰다
잠가도 잠겨지지 않는 수도꼭지처럼
손등, 발등, 입술에 마구 겹벚꽃이
돋아난다 핏줄 속에 붉은 꽃잎 소용돌이치고
팽팽한 생명의 무지개 속을
아무도 꿈적, 움직일 수 없다

밤길

밤꽃 향기 밤길을 달렸네
밤 숲을 싸고 도는 달빛
흘러내렸네 흰 빛, 한 생이
흐르고 있었네 밤과 밤 사이
나무와 나무 사이 낮은 어둠 속으로
말 못할 비밀이 새어 나왔네
둥근 달의 칼날이
밤꽃 향기를 베어 내는 밤
말발굽 소리 언덕을 굴러 내렸네
흐르고 있었네 밤꽃 향기
길 위에 길 아래
말 못할 한 생이 섞이고 있었네

짐짓

그러리라고, 그러리라고
꽃 피는 봄나무에 다짐을 하고
부러진 다리 절뚝대며 집으로 왔네
미끄러운 세월에
봄풀은 다시 푸르르고
이끼 긴 상처 더욱 깊게 패여
길고 붉은 혓바닥으로 짐짓 핥아 보는
쓰디쓴 봄날
내 사랑 길이 없어 가지 못하네
내 사랑 길 있어도 이르지 못하네

새

눈이 먼 새 한 마리 하늘을 난다
파랗게 질려 있는 봄 하늘을 끌고 간다
저 아래 반짝이는 무슨 사금파리 같은 것,
무슨 아픔 같은 것, 새로 돋는 풀포기
추억은 길마다 사금파리로 묻혀 있어
함부로 상처 내고 피를 흘린다
눈먼 새가 끌고 가는 병든 들판에
무슨 아픔 같은 것, 무슨 말 못할 슬픔
같은 것, 다 휘감아 흐르는 강물은
반짝이면서, 새가 가야 할 길 펼쳐 놓으면서

봄길

길은 꽃 속에 갇히고 말았네
복사꽃 아픈 몸에 꽃 등을 켜 들었네
빗장 걸린 봄 들판
푸른푸른 보리밭 가로지른 에움길
좇아서 당신에게 가는 길
죄 없는 사람은 두 눈이 머네
옴짝 두 발은 움직이지 않네

계마리 * 에서 1

소금기의 흔적을 남기고 있었지 검은 바위

묵은 상처 아픔은 물살에 오래 깎여 바다가 긴 혀로 핥고 있었지

무명치마 거친 손이 어루만졌지 빈 집에 뒹구는 찢어진 교과서

웃자란 잡풀의 그림자 흔들리며 댓돌 위의 낙서 자국을 지우고

말라붙은 하수구엔 깨어진 요강 단지 흩어진 화투장

누군가가 살다 간 흔적 그 비린내, 밟으면 끈적하니 발바닥에 달라붙는

바다의 살가죽 위로 눅눅한 바람은 불어 드러난 황토 언덕

키 낮은 곰솔 나무는 느끼지 쏴쏴 바람 소리

천년을 녹아 바다에 잠기는 산맥의 어깨

인내천(人乃天) 땀 결은 소맷자락 핏발 눈동자 석양으로 비치고 노을 속 아이는

다시 태어나 묵은 젖갈 단지 끌어안고 저 홀로 뒹굴며 자라나지

* 전라남도 영광군 홍농읍.

눈물 마른 자국 위 다시 눈물이 솟아 바다로 흘러들지
빈 젖을 물린 채 잠든 어미
귀밑머리를 적시는 흐리고 짠 파도 소리
밤마다 슬그머니 빈 외양간에 들어왔다가 빠져나가는
 들 숨기고 있는지
그 바다에 빠져 본 사람들은
알고 있지 어둠이 얼마나 깊은 구멍을 가지고 있는지
벼랑은 얼마나 높은 높이를 가지고 있는지

계마리에서 2

한 일곱쯤 되었을까?
빡빡머리 아이가 동트는 새벽 갯벌에서 고함을 지른다

──아부지, 빨리 오랑께! (빨리 오랑께?)

전라도 사투리는 왜 구불텅한가
급하게 솟구친 동쪽의 산들 천천히 흘러내려
몽긋한 젖 봉오리 바다를 만나고
긴 치맛자락 넓게 펼쳐져 소리치는 파도 잠 재우고
점점이 바다 가운데 마침표를 찍어 놓지

물결치는 빛살들이 왜 눈물방울로 보이지
파도들이 왜 눈뜨는 것처럼 보이지

그래서 그런 것일까 맵고 짠 동쪽의 입맛
여기서 순하게 길들여져, 그러나 나는 이 밥상을
차마 받을 수 없다 녹아 내린 창자의 묵은 젖갈
간간한 소금 바람에 오래 말려지는 영광 굴비
울울한 대밭에서 솟는 여린 죽순을,

얼마나 오랫동안 쌓인 것일까 몸서리치는
울분을 달래어 순한 물결로 바꾸어 놓는 갯벌 바닥
구부러진 귓바퀴를 굽어 도는 사투리
돌아 나오는 신발의 밑창을 잡고 놓아주지 않는다

우이도

탁한 수평선 일획
목에 감고
거센 물살에 목청 갈라지는
서해 바다 벌리는 가랑이 속
목포에서 다섯 시간
파도 소리 주문처럼
핏줄 속에 차올랐다
바다로 간 사람들은 돌아오지 않고
텅 빈 갯벌
아이들은 소 떼와 흘레를 붙고
눌린 소 발자국에
고여 흐르지 않는 시간
아우성치는 파도를 달래며
별들은 스스로 바다에 뛰어들고
들끓는 말마디 물결을 따라
흘러간다 그리운 나라
보이지 않는 지도의 한 점으로
현재(顯在)하는 신안군 도초면 우이도
새벽 바다 썰물은 저만치 빠져나가
남아 있는 자리가
너무 크고 넓고 없다

'집'으로 가는 먼 길

이희중

1

장옥관의 시는 흔들리는 세상에서 흔들리지 않는 정신의 지표를 찾는 성실한 '길'을 보여 준다. '길'은 일상의 순간들에 언뜻언뜻 비쳐 보이는 영원성·초월성의 틈새를 찾아내고, 열린 시·공간으로의 확산과 전이를 시도하는 형태로 시에 자리잡는다. '부동의 정신적 지표' 또는 영원과 초월의 궁극적 실체는 '집'으로 표상되고 있다. 그러나 '집'은 멀리 있으며 '길'은 쉽사리 찾아지지 않는다. 그의 시에서 '집'은 인간, 특히 현대인이 결여하고 있는 어떤 것이며, 성취를 낙관할 수는 없지만 의식 무의식 중에 우리 모두가 찾고 있는 삶의 궁극적 가치라고 할 수 있다. 보기에 따라서는 대단히 형이상학적 외양을 가질 것으로 예상되는 그의 작업은, 그러나 일상의 경험에서 소재를 취함으로써, 또 묘사의 기법을 준용함으로써 구체성과 사실성을 확보하게 된다.

그의 시가 바탕으로 삼는 공간은 대체로 가정과 직장 그리고 자연, 셋을 꼭지점으로 한다. 현대인의 일상을 이 꼭지점들 사이의 순환으로 설명할 수 있다. 반복성·단순성을 근본 속성으로 하는 이 순환은, 고속화될 때 회전운동의 성격을 갖는다. 회전운동은 강력한 관성, 곧 그 자체의 흡인력을 가지고 현대인의 정신을 획일화·기계화한다. 일상의 관성에서 탈출하기 위해, 무한고속화의 불길한 궤도에서 벗어나기 위해 시인은 초월적 세계에 대한 묵상을 쉬지 않는다. 이는 방법적으로 극히 짧은 시·공간의 결절을 응시하고 묘사함으로써 이루어지며, 한순간의 선명한 묘사는 시간의 파괴적 흐름 속에서 자칫 무의미한 티끌이 되고 말 삶의 단면을 입체적인 것으로 뚜렷이 자리잡게 한다.

비유하자면 장옥관의 시선은, 궤도 위를 고속으로 달리는 열차의 맨 앞에서 볼 수 있는, 궤도의 다가오는 끝이 아니라, 차창 밖을 스쳐가는 사물의 풍경을 향해 있다. 그러나 시인을 실은 열차는 고속으로 운동하고 있으므로 좌우의 풍경은 선명한 모습으로 시인의 시야에 들어오지 않는다. 그래서 그의 작업은 지난하고 고통스러운 것이 된다.

2

「가을여치」에서 시인은, 반생명적인 환경 속에서 스스로의 생명을 지키려는 안간힘을, 작은 곤충과의 조우를 통해 보여 준다. 고속도로를 달리는 자동차 위에 우연히 앉게 된 여치는 자신을 흔적도 없이 날려 버리려는 공기의 흐름에 맞선다. 생명의 개체적 현존을 한낱 "검불"로 소거하려는 기도를 가지고 있는 거대한 세계 운행의 질서와, 그에 맞서는 "초록 목숨"의 안간힘을 세계와 인간의 관계에 대입할 수 있다. 일행은 차를 세우고 그 여치를 숲으로 돌려보내 주는데, 그때 시인은 "가야 할 어둠 속의 먼 길을 바라보"며, "가야 할 길 끝에 매달린 사막도시를 떠올"린다.

일행의 목적지인 사막 도시는 살육과 신음, 그리고 살의로 가득 찬 곳이라고 한다. 일행은 사막도시에서 태어났고 궁극적으로 그곳으로 돌아"가야 할"사람들이다. 여치 한 마리가 일행의 "앞길을 흔들어 놓"는 것은 그 도시에서 반복될 불길한 삶의 예감 때문일 것이다. 일행 중 한 사람이 여치를 다시 숲으로 날려 보내는 장면의 묘사 곧,

당신은 두 손으로 그것을 받쳐 들었습니다 모은 손바닥 가득 별빛이 고였습니다 그 빛에 되쏘여 얼굴이 환하게 밝아 왔습니다 풀벌레는 떼떼떼 숲속으로 날아가고 날갯

짓 소리 오래오래 귓가에 남았습니다

──「가을 여치」

는 환상적이며 동화적이다. 이 극적이며 아름다운 묘사는
역설적으로 이들이 사막 도시의 살육과 신음, 그리고 살
의에 대해 비순응적이며 대항적인 태도를 가지고 있음을
시사한다. 자연이 환기하는 작은 생명의 의미는 도시적
삶의 타성적 순환에 신선한 충격을 가져오고, 반복되는
삶을 성찰하는 계기를 마련한다. 그렇지만 이것이 일상의
순환 운동을 변화시킬 결정적 계기가 되지는 못한다. 장
옥관에게 가시적 자연 자체가 최종적 추구의 대상이 아니
기 때문이다.

　장옥관의 시가 추구하는 '집', 또는 그곳에 이르는 '길'
에, 앞서 말한 세 개의 꼭짓점 중 '자연'이 가장 근접해
있음은 사실이다. 그래서 그것은 시인을 긍정과 부정의
갈림길에 거듭 서게 한다. 시 「가까운 길」은 바로 곁에
존재하는 자연 공간으로서 '산'에 대한 새로운 깨달음의
순간과 아울러 시인의 망설임을 보여준다.

　얼마나 많은 것들이 깃들어 사는 걸까요 귀 기울이면
쉴 새 없이 말을 건네는 것들 누군가가 던져 만든 조그만
돌탑 골짝마다 숨어 있는 희미한 오솔길 마침내 나는 알
게 되었지요 산정에 이르러 만나게 되는 어떤 길에도 오
래 헤맨 이들의 발길이 스며 있습니다 나는 길을 걸으며

생각해 봅니다 누가 이 길을 걸어갔다 낙엽이 뒤덮인 이
숲길을 누군가 처음 길을 내었다

                                            ——「가까운 길」

  자연의 무구한 소리에 의해 '귀는 크게 열리'게 되며,
'집 앞의 산'은 새삼스럽게 소중한 의미로 다가온다. 현
실의 산에서 시인은 생명과 삶의 소중한 진실을 새롭게
깨닫게 되지만, 그것이 스스로가 찾는 궁극적인 '집'이라
고 흔쾌히 승복하지는 않는다. "많은 것들이 깃들어 사
는" 곳, "오래 헤맨 이들의 발길이 뒤덮인" 곳은 깨끗함
과 순수함을 간직하고 있어 뜻이 깊기는 하지만, 역시 유
한성에 구속된 가시적 생활 공간의 일부에 지나지 않는
다. 그래서,

    그러나 이 길은 집으로 가는 길이 아니다

                                            ——「가까운 길」

라고 말한다. 그가 찾는 정신의 '집'은 비현실적·형이상
학적·비의적인 공간인 것 같다. 그래서 현실적·형이하
학적·가시적인 환경의 제약 속에서 그의 목소리는 어쩔
수 없이 허무주의자의 그것을 닮게 된다. 산 속에 얽힌
길은 다른 사람들이 살아간, 집을 찾아 헤맨 자취이다.
그것들은 덧없는 모색의 서글픈 상처이기도 하다. 그러므
로 "오래 헤맨 이들의 발길"은 서글프고 소중한 것이기는

하나, 시인이 구하는 문제의 해답으로서 궁극적 '집'은 결코 될 수 없다. 그렇지만,

> 하지만 그 순간에도 발길은 산속 깊은 곳을 헤매 돌고 너무 오래 망설였던 탓일까요 말랐던 개울의 얕은 물소리에도 귀는 크게 열리고 집 앞에 바로 산을 두고 나는 너무 멀리 돌아온 것 같습니다
>
> ──「가까운 길」

라고 쓸 때 그의 생각은 미세한 동요를 보인다. 스스로의 삶도 결국 많은 길 가운데 하나로 판명될 수 있으며, 그는 '길 찾기'에 벌써 조금씩 지쳐 가고 있는지도 모른다. 궁극적 '집'을 찾아가는 그의 '길'은 원천적으로 그만큼 어둡고 막막한 것이 사실이다. "집 앞에 바로 산을 두고"라는 구절은 '집 앞에 '집'을 두고' 또는 '산 앞에 '집'을 두고'라는 의미의 진폭 속에서 읽힌다. 과연 '산'은, 가시적 세계에서는 그나마 가장 궁극적 실체에 가까운 대상으로, 궁극적 '집'을 향한 시인의 의지를 약화시킬 만큼의 매력을 가지고 있다. 산 속에 비의적 장소를 상정한 작품 「황금 연못」은 이와 같은 일종의 문제 상황을 직접적으로 드러내고 있다.

> 그 산속에 있었지요 온통 마른 가지 부딪는 숲길을 지나 길게 굽어 있는 오르막 넘어서면

골과 골 사이 번쩍이는 저녁의 황금 연못

사람 없는 산 속 못물이 고여 출렁이고 있었지요
밀어내고 당기고, 흘러가는 것도 아니면서
그냥 고여 출렁이고 있었지요
————「황금 연못」

"황금 연못"은 깊은 산 속 인적 없는 곳에서 출렁이며
있다. 그러나 그것은 "흘러가는 것도 아"닌 어떤 것으로
그 의의가 제약된다. 이는 궁극적인 진리가 현실적 세계
와의 화해로운 교섭 속에 있지 않다는 사실을 환기한다.
진정한 가치는 숨겨져 있으며 고립되어 숨죽인 채 단지
"그냥 고여 출렁이고 있"을 뿐인 것이다. 그것은 다시 지
고한 가치의 절대성과 배타성을 함께 시사하고 있다.

물고기의 길을 찾아봅니다 못물 속으로 열려 있을
집으로 가는 길 아무도 물 위에 흔적을 남기지 못하고,
알 수 없는 슬픔의 자취를 따라 못물은 다시 출렁입니다
————「황금 연못」

황금 연못은 무한한 것, 절대적인 것의 가시적 표상이
다. 그것은 누구의 흔적도 "물 위"에 남기지 않으며, 단
지 슬픔의 자취만을 허용할 뿐이다. 무심한 우주의 운행
속에 무의미하게 소멸해 가는 유한 생명의 운명은 이처럼

서글프고 허무한 것이다. 시인은 겉으로 볼 수 없는, 고인 연못의 심연에 흐르는 길이 있으리라고 생각한다. 황금 연못에서 시인은 "물고기의 길", 곧 "못물 속으로 열려 있을/ 집으로 가는 길"을 찾아본다. 그것은 바로 초월적 '집'에 이르는 길일 것이다. 시인의 희망처럼 심연의 길을 따라가면 영원과 초월의 세계, 즉 궁극적 의미의 '집'에 이를 수 있을지도 모른다. 그러나 이 시의 단계에서 그 '집', 또는 그에 이르는 '길'은 아직 찾아진 것이라고 할 수 없다. 그것은 아직 확인되지 않았으므로 "열려 있을"과 같은 추측의 형태로 언술된다. 이 시의 마지막 연인, 위의 인용에서 보듯 "물고기의 길을 찾아보"는 시인의 기도는 결과가 보고되지 않고 있다. 그것은 시인의 모색이 지금 진행 중이기 때문이며, 그래서 적어도 결과의 현재적 위상은 열려 있다고 할 수 있다.

유한자로서의 인간의 조건은 어두운 방랑에 비유될 성격을 충분히 가지고 있다. 시「새」는 인간의 삶을 '끝없는 비행'의 형벌에 비유하고 있다. "눈먼 새"가 하늘을 난다는 것 자체가 위험스럽기 짝이 없는 상황인데, 게다가 그가 내릴 "저 아래"는 사금파리 투성이라고 한다. 추억조차 스스로에게 흉기가 되는 형편에, 이미 날고 있는 새가 어디에 내릴 수 있을 것인가. 그 새에게 안착의 땅은 없는 듯하다. 이 시가 설정한 구도는 그 자체가 이미 비극이며 형벌이다.

눈먼 새가 끌고 가는 병든 들판에
무슨 아픔 같은 것, 무슨 말 못할 슬픔
같은 것, 다 휘감아 흐르는 강물은
반짝이면서, 새가 가야 할 길 펼쳐 놓으면서

—「새」

강물이 "반짝이면서, 새가 가야 할 길을 펼쳐 놓"는 것
은 밝은 미래의 암시이며 축복인가? 꼭 그렇지는 않아 보
인다. "강물"은 "아픔"과 "슬픔"을 휘감아 흐르며, 외롭
고 비참한 비행을 하고 있는 새에게 이정표가 되고 있기
도 하지만 형벌의 비행을 지속하게 하는 동인 또한 되고
있다. 강물은 도도하게 흐르며 끝을 알 수 없는 비행의
방향만을 막연히 지시하고 있다.

그것은 현재의 위안이나 미래의 보장 없이 당장의 삶만
을 이어가게 하는 인간의 조건과 닮아 있다. 황금 연못
속에서 '집으로 가는 길'을 찾아내는 일, 또는 위의 시에
서 '새가 가야 할 길'은 다소 다른 층위에서 장옥관이 추
구하는 삶의 가치를 일정하게 드러내고 있다. 그러나 앞
의 경우는 그 길의 존재가 확인되지 않았다는 점에서, 나
중의 경우는 그 목적지가 불확실하다는 점에서 마찬가지
로 절망적이다.

3

묘사의 강점과 서정적인 아름다움이 빛나는 장옥관의 시편들이 있다. 이들은, 일상의 시간에서 초월의 틈새를 감지하고 그 작은 실마리를 통해 시인의 내면이 수행하는 자기운동을 보여 준다. 미세한 시점의 이동과, 대상들이 우회적으로 형성하는 분위기에 의해 정황의 신비로움과 묘사의 아름다움은 소기의 효과를 얻는다.

「소리에 대하여」를 보자. 토요일 오후 모두 퇴근해 버린 사무실에서 화자는 "가을 나무"와 "작은 햇살"을 통해 "어떤 움직임"과 "알지 못한 사이"에 자라나 그늘을 드리우는 "텅 빈 시간"의 존재를 상기하게 된다. 그리고,

왜 나는 이곳에 있는가 왁자하던 시끄러움이 가신 사무실 서류 더미 속 무엇을 바라보고 있는가 소리들은 다 어디로 스며들었는가

—「소리에 대하여」

라고 묻는다. "왁자하던 시끄러움" 즉 '소리'는 장옥관의 시에서, 절대적인 시간의 배타적 흐름 가운데 맞이하는 순간의 '하찮음'을 표징하는 소품이다. 소리는 물질들의 부딪힘과 마찰, 그리고 공명에 의해 일어나는, 찰나적 현상의 사소한 부산물이다. 그것은 아득한 시간의 심연 속으로 흔적으로 찾을 길 없이 사라져 가는 무의미한 무엇

일 뿐이다. 그러나 시간의 올가미, 그 촘촘한 망을 벗어 날 길이 없는 사람들은, 그 찰나적 현상에 민감히 반응하 며, 그것에 잠겨 살아간다.

> 커튼 귀퉁이에 머물던 마지막 빛이 사라지고
> 벽과 천장은 비로소 생각에 잠긴다
> 무거운 책을 받치는 선반이 조금 휘어지고
> 어디서 물 버리는 소리 아득하게 흐려진다
> 싱크대 아래 빛과 어둠이 흐리게 뒤섞이며
> 애써 손끝으로 신호를 보내지만
> 고여 있는 시간은 만져지지 않는다
> 베란다에 매어 둔 녹슨 풍경의 물고기가
> 덩그렁, 무거운 공기를 밀며 천천히 움직인다
> 두터운 직물의 커튼이 안과 밖을 가로막고
> 어둠 속에 놓인 토기의 장미 다발이 시들어 간다
> 창밖에,
> 무엇이 자꾸 머리를 부딪고 있다
> 아이들을 데리고 목욕 간 아내는 아직도
> 돌아오지 않는다
> 　　　　　　　　　　　──「망설이는 시간」 전문

빛과 소리가 완전히 사라진 시간과 공간을 각각 무명 (無明)과 적멸(寂滅)이라 부른다. 무명과 적멸의 세계는 일상의 틈 속에 우연히 생기는 어둠과 고요와는 다르다.

그것은, 지고한 정신에 교통하는 초월적 세계로서, '말과 글로 표현할 수 없는 비의적 세계'에 속한다. 위의 시에서 시인이 만난 어둠과 고요는 우연적, 순간적 상황이지만 무명·적멸과 무척 유사하다. 그래서 시인은, 소리도 없고 빛도 없는 순간을 빌려 "고여 있는 시간"을 만져 보려고 한다. 그러나 소망은 이루어지지 않는다. "녹슨 풍경"은 여전히 소리를 내고, "장미 다발"도 계속 시들어 간다. 그들은 시인이 쉽게 떠날 수 없는 현실을 일깨운다. 시인이 찾은 초월의 세계로 열린 출구는 결국 일상적, 생활적 인과율 속에 빈틈없이 구속된 하나의 결일 뿐이다.

현실의 견고함 때문에 이루어지지는 않지만, 위의 시는 일상의 생활 공간에서 비의적 시간과 공간의 미세한 징후를 포착하려 애쓰는 시인의 고통스런 노력이 사물의 묘사를 통해 드러나 있다. 결과적인 모습은 정태적이며 현실 환원적이지만 그래서 오히려 생활의 어두운 조건에 가깝다고 할 수도 있다. 장옥관 특유의 심상과 어조는, 일상적 삶의 순환 속에서 맞닥뜨리는 상상적 비약의 순간을 담은 「그런 날」에서도 아름다운 형상을 일군다.

그런 날이 있지 현관문 따 주길 기다리면서 문득
저무는 하늘을 올려다보면 구름은 하늘 한쪽에
노을이 제 몸에 스미는 것 바라보면서 가만히 한자리에
머물러 있지

가고 싶은 곳 있을거야 가야 할 곳도 있을거야

눈물이 하늘 한쪽에서 스며 나오고 그래, 그런 적이 있
었지

내려다보는 땅 위엔 텅 빈 교실 흰 커튼이 한 자락 삐
어져나와

둥그렇이 부풀며 마냥 펄럭거리고 담장 옆 아카시아 숲이

바람에 쏠려 이리저리 흔들거리고 어떤 힘이 우리를 잡
아당기는지

눈 부셔 눈이 부셔 펄럭거리는 흰 커튼 아이들은 집으
로 다

돌아가고 텅 빈 교실엔 흰 커튼이 펄럭거리고

어디서 갑자기 손뼉 소리 터져 오르지 찬송가가 울려
퍼지지

이웃집 주방에선 달그락달그락 사기그릇 씻는 소리

힘 없는 그의 팔에서는 낡은 서류 봉투가 툭 떨어지지

문은 아직도 한참 열려지지 않지 여윈 얼굴을 어루만지며

구름 사이로 푸르고 작은 저녁 별 하나 가만히 돋아나지

　　　　　　　　　　　　　　──「그런 날」 전문

시각적 심상과 청각적 심상이 어울리게 교직된 이 시
는, 장옥관의 시정신이 처한 현재적 입지와 기법적 성취
를 충분히 담아낸다. 자신의 집 앞에서 문이 열리기를 기
다리는 순간 문득 돌아본 "저무는 하늘"과 "구름"에서 시
인은 강한 원심력에 휘말려든다. "가고 싶은 곳 있을거야

가야 할 곳도 있을거야"라는 의외의 독백은 뜻이 깊다. 이후 화자의 시점은 구름에 가 있다. 지상을 내려다본다. 빈 학교, 빈 교실, 그리고 커튼은 희고 아름답게 펄럭인다. 이러한 시각적 심상에 효과음으로 손뼉 소리, 찬송가, 그리고 사기그릇 씻는 소리가 이어진다. 이들은 각각 생활의 천진함, 숭고함, 사소함으로 읽힌다. 그리하여 생활의 소리에 어울리지 않는 불협화음, 곧 힘 없는 그의 팔에서 서류 봉투가 떨어지는 소리 "툭"은 오랜 여운으로 이 시의 후반부를 다스린다. 시점은 다시 지상의 문 앞으로 돌아온다. 아직 문은 열리지 않는다. 구름에 가려져 있다가 지금 돋아나는 "작은 저녁 별"은 그가 간구하는 진정한 정신의 '집'일 것이다. 그것은 '없는' 것은 아니지만 그처럼 닿을 수 없이 멀리 있다. 몸의 집, 생활의 집을 들어서며 그는 다른 '집'을 보았다. 그 집은 그렇게 멀리 있는 것이 더 아름다울지도 모른다. 이 작품에서 보듯 현실의 세계와 초월의 세계의 날카로운 경계에 시인은 항상 서 있다. 그 경계에서 두 세계를 저울질하며 그는 살고 있으며 또 시를 쓰고 있는 것이다.

4

　　장옥관의 많은 시는 저마다 조금씩 지향이 다른 화살표를 가지고 있다. 그의 시가 더러 쉽지 않은 인상을 주기도 한다면 그것은 이 화살표들의 다기한 지향 때문일 것이다. 그 화살표들은 각각 시인의 의욕과 소망을 짊어지고 있다. 사람들의 이야기, 역사 이야기 등도 각각 그의 시에서 하나의 의미 체계를 이루고 있다. 달리 말한다면 그가 키우는 시 나무는 지금 많은 가지를 동시에 키우는 관목의 형상을 하고 있다. 이 글에서 살핀 줄기를 포함해 그의 육목에 큰 이룸이 있기를 바란다. 그가 '집'을 찾기를, 비록 멀지라도 '집'으로 가는 길을 찾기를 진심으로 바란다.

(필자: 시인 · 문학평론가)

장옥관

1955년 경북 선산에서 태어났다.
계명대 국문학과를 졸업하고
단국대 대학원 문예창작학과 박사과정을 졸업했다.
1987년 《세계의문학》으로 등단했으며,
2004년 김달진 문학상을 수상했다.
시집으로 『바퀴소리를 듣는다』, 『하늘 우물』,
『달과 뱀과 짧은 이야기』가 있다.

황금 연못

1판 1쇄 펴냄 1992년 4월 20일
1판 2쇄 펴냄 1994년 1월 20일
개정판 1쇄 찍음 2007년 4월 16일
개정판 1쇄 펴냄 2007년 4월 20일

지은이 장옥관
편집인 장은수
펴낸이 박근섭
펴낸곳 (주) 민음사

출판등록 1966. 5. 19. 제16-490호
서울시 강남구 신사동 506번지 강남출판문화센터 5층 (우)135-887
대표전화 515-2000 / 팩시밀리 515-2007
www.minumsa.com

값 7,000원

ISBN 978-89-374-0503-7 03810